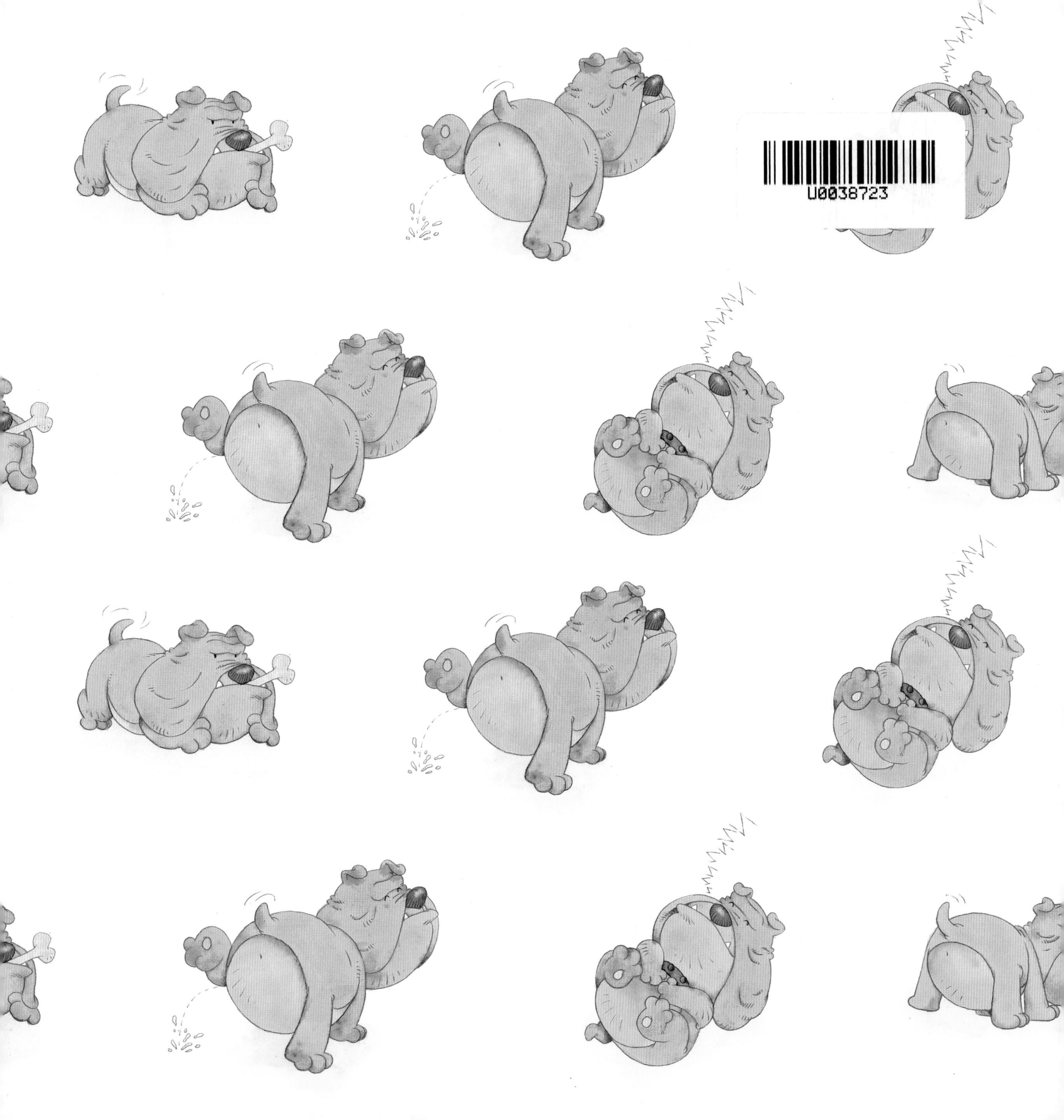

智慧市的糊塗市民

國家圖書館出版品預行編目資料

智慧市的糊塗市民／劉靜娟文；郜欣，
倪靖圖．－－初版．－－臺北市：三
民，民89
面；　公分－－（兒童文學叢書．
童話小天地）
ISBN 957-14-3190-7（精裝）

859.6　　89003705

網際網路位址　http : // www. sanmin. com. tw

◎智慧市的糊塗市民◎

著作人　劉靜娟
繪圖者　郜　欣　倪　靖
發行人　劉振強
著作財產權人　三民書局股份有限公司
臺北市復興北路三八六號
發行所　三民書局股份有限公司
地址／臺北市復興北路三八六號
電話／二五〇〇六六〇〇
郵撥／〇〇〇九九九八──五號
印刷所　三民書局股份有限公司
門市部　復北店／臺北市復興北路三八六號
重南店／臺北市重慶南路一段六十一號
初　版　中華民國八十九年四月
編　號　S85498
定　價　新臺幣肆佰元整

行政院新聞局登記證局版臺業字第〇二〇〇號

ISBN　957-14-3190-7（精裝）

海闊天空任遨遊

（主編的話）

小時候，功課做累了，常常會有一種疑問：「為什麼課本不能像故事書那麼有趣？」

長大後終於明白，人在沒有壓力的狀況下，學習的能力最強，也就是說在輕鬆的心情下，學習是一件最愉快的事。難怪小孩子都喜歡讀童話，因為童話有趣又引人，在沒有考試也不受拘束的心境下，一書在握，天南地北遨遊四處，尤其在如海綿般吸收能力旺盛的少年時代，看過的書，往往過目不忘，所以小時候讀過的童話故事，雖歷經歲月流轉，仍然深留在記憶中，正是最好的證明。

童話是人類智慧的累積，童話故事中，不論以人或以動物為主人翁，大都反映出現實生活，也傳遞了人類內心深處的心理活動。從閱讀中，孩子們因此瞭解到自己與周遭環境的關係。一本好的童話書，不僅有趣同時具有啟發作用，也在童稚的心靈中產生了意想不到的影響。

這些年來，常常回國，也觀察國內童書的書市，發現翻譯自國外的童書偏多，如果我們能有專為孩子們所寫的童話，從我們自己的文化與生活

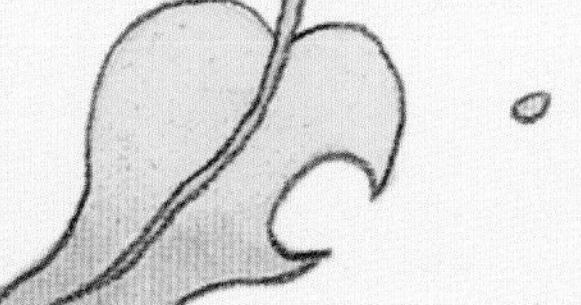

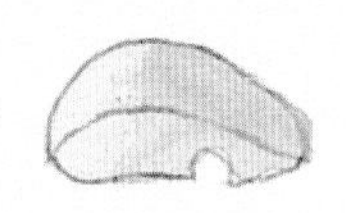

中出發，相信意義必定更大，也更能吸引孩子們閱讀的興趣。

這套《童話小天地》與市面上的童書最大的不同是，作者全是華文作家，不僅愛好兒童文學，也關心下一代的教育，我們都有一個共同的理想，為孩子們寫書，讓孩子們在愉快中學習。

想知道丁伶郎怎麼懂鳥語，又怎麼教人類唱歌嗎？智慧市的市民有多麼糊塗呢？小老虎與小花鹿怎麼變成了好朋友？奇奇的磁鐵鞋掉了怎麼辦？屋頂上的祕密花園種的是什麼？石頭又為什麼不見了？九重葛怎麼會笑？紫貝殼有什麼奇特？……啊，太多有趣的故事了，每一個故事又那麼曲折多變，讓我讀著不僅欲罷不能，還一一進入作者所營造的想像世界，享受著自由飛翔之樂。

感謝三民書局以及與我有共同理想的作家朋友們，我們把心中最美好的創意在此呈現給可愛的讀者。我們也藉此走回童年，把我們對文學的愛、對孩子的關心，全都一股腦兒投入童書。

祝福大家隨著童話的翅膀，遨遊在想像的王國，迎接新的紀元。

《智慧市的糊塗市民》靈感來自小時候一位美麗的女老師說的故事。根據存在腦中的小部分記憶，我加枝加葉，寫成了這篇文章。

寫成時，我特地先讓兩個小朋友「檢驗」；不負我的期望，他們讀得津津有味，一再咯咯笑，說：「這些人好笨啊。」

這些智慧市的市民真的很笨嗎？噯，他們做了不少在我們看來非常荒唐、幼稚的事；可是他們自信，認定自己很聰明，又那麼快樂，教人不忍心說他們笨呢。

其實進入二十一世紀，科技發達，人類就比較聰明、不做荒唐事了嗎？好像不見得。

就說開會這件事吧，開會本是為了集思廣益，但如今從學生到大人，恐怕很多很多的會都已變成例行的儀式了；不僅浪費時間，也沒有實質的效果。有些會議更演變成口水乃至肢體的戰爭。比起來，智慧市的議員們開的會雖然「小題大作」，內

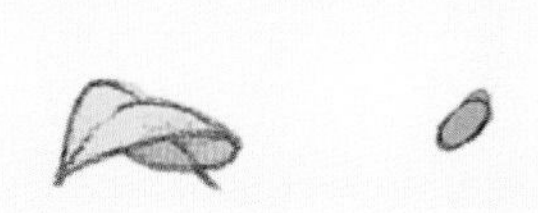
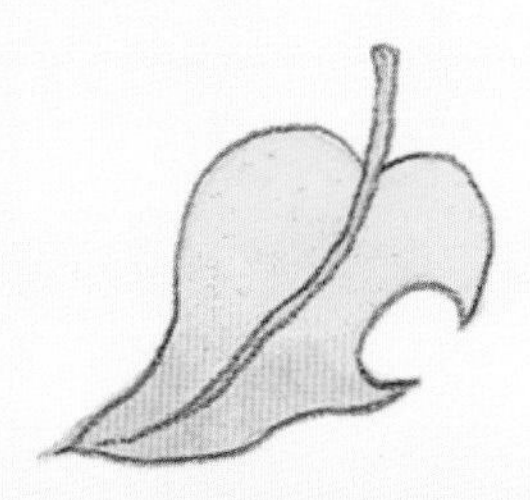
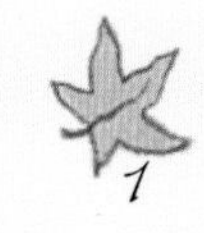

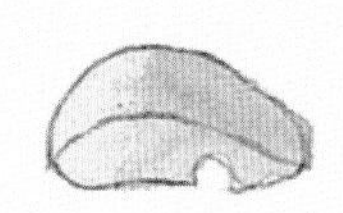

容可實際多啦。

再說現代人前仆後繼地做的蠢事，常不僅是出於糊塗或沒知識，還可能包藏著利己害人的企圖，最後還可能害己害人。

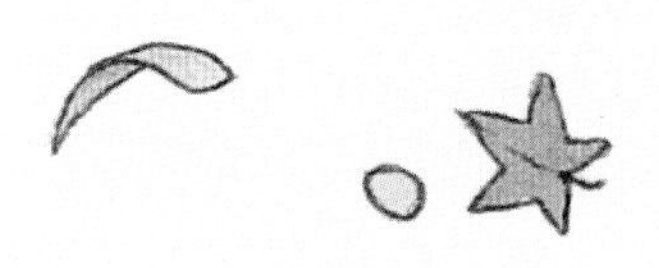

所以，我現在面對一些社會現象，常不由自主地聯想到這篇童話裡的人物或對白，把它們拿來做對照，覺得很有趣味呢。

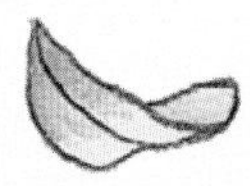

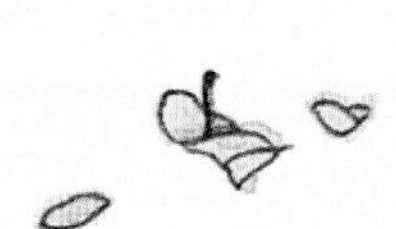

劉靜娟

兒童文學叢書

・童話小天地・

智慧市的糊塗市民

劉靜娟・文

郜　欣／倪　靖・圖

三民書局

1. 八十八個議員負責開會

很久很久以前，有個小城叫做「智慧市」，那兒住的偏偏都是些糊裡糊塗的市民。

隨便做哪一件事情，他們都要經過一番周折，
失敗了再做，做了再求證，不行了再重來；
顛顛倒倒，反反覆覆，費了好大的勁，
才能解決。好在他們都很有耐心、很快樂，
更自以為是精明得不得了的——要不他們怎會
把自己的城取名為「智慧市」？

智慧市的一項重要事務是開會。每做一件事，他們都要很隆重的開會討論後才放心去做。他們推選了八十八個議員，隨便哪個市民，只要有想不明白的事，就去找議員；於是議員們便聚在一塊兒，開起會來。

他們幾乎天天開會，沒辦法，市民的問題可多啦！比方：「我的兒子昨天掉進水溝裡，有人叫我帶他去看醫生，有人勸我帶他去給巫婆收驚。你說我該怎麼辦？找巫婆，還是找醫生？」比方：「我太太說鹽罐子應該放在灶邊的木架上，我說應該放在櫥子裡。到底誰對呢？」比方：「小強和阿文打了一架，小強說阿文先出手，阿文說小強吃了他一個大番茄卻不和他玩，欠揍！依你看，這是誰不對？」比方……，唉呀！雞毛蒜皮的事多得說不完！

不是每個問題都開一次會就可以解決的，有些問題開不出結論，還得請幾位有學問的專家來共商大計。學者們抱著厚厚的書，慢條斯理的戴起眼鏡，翻呀翻的。當他們好不容易找到答案時，便興高采烈的跑到問問題的市民家去報喜。不巧，他們到達時，那個掉到水溝裡的小孩已因發高燒昏迷不醒。那做爸爸的，看到議員先生來，急忙又提新問題了；可不一定是跟孩子有關的呢！

面對新問題，議員先生們互相望望，學者們托托眼鏡，順便摸摸鼻子，然後只好再回去開會。不，回去之前，得先到那個不知鹽罐放哪兒好的市民家去實地考察一番。可是鹽罐早就在夫妻爭執中打破啦！夫妻倆看到議員學者，當然又要互相告狀，又有新的煩惱可說了。真叫人頭大又頭痛，議員學者們小心翼翼的把所有問題記在筆記簿上，不然哪記得住啊？

其實他們也蠻喜歡開會的，日子單純，不開會做什麼呢？而且開會使他們自覺很重要，如果有一天居然沒有市民來請教，他們便很驚慌，一家一家去問：「你們出了什麼差錯呢？」

2. 為什麼不到田裡開會？

可是你要知道，他們開會也不簡單哪！
原來市長的辦公室太小了，只能坐四個人。

八十八個議員再加上一群學者，當然沒辦法讓大家都擠在裡邊。除了市長和三個人外，其他的人，就只好排得長長的，站在辦公室外面窄窄的走道上。

宣布開會時，市長說：「開會！」他的話只有市長室裡的三個人聽得見，他們告訴最靠近辦公室的那個人，「開會！」那個人再告訴後面的人，「開會！」一個一個傳下去，等最後一個知道時，一個鐘頭都快過完了。

最要命的是，經常話一個一個傳下去，也一個一個錯下去。就說「開會」兩個字吧，一傳十，十傳二十，竟然一下子變成「舞會」，待會兒變成「標會」，等下又變成「社會」、「大會」、「我會」、「他不會」……

天哪，後來變成「散會」，那人便戴上帽子，回家去了！

NJING·XI

有時搞清楚一個問題時，天已黑了，於是明天又得從「開會」這句話開始。這實在太浪費時間、也太沒有效率了。

有一個頂頂聰明的議員想到了，「我們真傻啊！我們為什麼不到田裡開會呢！」

可不是！田裡開闊得很，只要大聲一點講，大家都聽得見，也不會傳錯。

可是開著開著，下雨啦！把八十八個議員和有時很多有時比較少的學者全淋成了落湯雞！

哦，落湯雞？不是，我說是落湯鴨！

他們為落湯雞和落湯鴨辯論不休，等他們決定「落湯鴨」比較新鮮時，太陽早已出來，把他們晒得臉孔通紅了。

就算不下雨，在田裡站著開會，也很不好受呢。田裡有秧苗，他們得撩起褲管，「叭唧！叭唧！」的踩進軟不拉嘰的泥土裡，個個好像穿了橡膠長筒靴似的。

如果是稻子成熟時在稻田裡，只怕還更難受些；一串一串硬硬的稻子伸進褲管裡，又刺又癢。最最可怕的是，他們把好多好多田地都糟蹋了；在田裡開會的那年，智慧市鬧飢荒，飯不夠吃，很多人必須吃稻稈和樹葉。聰明的議員們還是費了好大的力氣才弄明白稻子收成不好的原因呢！

於是有一個聰明人忽然想到了，「我們真傻啊，為什麼不蓋一棟大會議堂呢？」

3. 建造一棟大會議堂

市民都高興得不得了，「哈哈！世界上再沒有比我們更聰明的人了！我們就要有一棟大會議堂了！」

說做就做，每天，市長帶領全智慧市的市民，上山去伐木材。他們都挑又粗又結實的木材砍；因為他們要蓋一棟最堅固、最堂皇的會議堂！

樹木砍下來了，他們「吭唷！吭唷！」的抬下山去。可是木頭好重，他們常連木帶人滾下斜斜的山坡！跌跌撞撞的滾下去，別提有多痛了。摔了一個又一個，有時還一口氣好幾個人滾下去，好像在比賽溜滑梯呢。

這時，一個一直在旁邊看人抬木材的懶惰鬼，忽然大驚小怪的嚷起來：

「天啊！我們是多麼笨的笨蛋啊！何必費那麼大的力氣，一根一根的抬下去呢？只要把它們捆在一起，一股腦兒推下去，不是一點兒也不費事嗎？」

市長張大了嘴巴，非常感動的說道：

「啊，我們又得到了一個寶貴的教訓了；無論什麼事，它的道理其實是很簡單的。來吧，親愛的市民們，我們趕緊把剛才抬下去的木材，統統再搬上來，把它們捆成一綑一綑，再一起推下去。諸位，加油，加點力氣吧！」

「是的，這是值得辛苦的！」

大家同心協力把已經搬下山的木材，再一根根搬上去。這才真是大大的不容易呢！牽呀，推呀，摔倒了再爬起來，爬起來了再摔；忙了大半天，終於都搬回山上、捆成一綑一綑了，市長喘了一口大氣，春風滿面的發令：

「來！預備！推！」

唏哩咯囉咕嚕！木材一起往下滾，大家像看百米賽跑似的拍手大叫大喊，然後才心滿意足的下山。

材料齊了，他們連忙開始建造。雖然他們是如此的愚笨糊塗，可是經過了好多好多次的失敗和漫長的時間，一棟大大的大會議堂到底還是建成了。

4. 一棟黑黑的鬼屋？

這一天，是大會議堂舉行啟用大典的日子，天還矇矇朧朧呢，家家戶戶就響起了熱烈的鞭炮聲；所有的市民都穿上最漂亮的衣服，一聽到市政府的鐘聲，便歡喜若狂的集合在新會議堂前面。

智慧市的市長做了簡短的演說後，隆重的打開會議堂的大門，興奮的市民便跟在市長後面一擁而入。可是這是怎麼一回事？屋子裡怎會這麼黑？「這是怎麼搞的？」市民們一頭霧水。他們連想一想的工夫都沒有，後面的人興高采烈的擠進來了。

「慢一點，前面看不見啊！」「不要擠，唉唷！救命啊！」後面的人哪曉得是怎麼回事，只知道拼命的往前擠往前推。

「建造的方法錯了吧？」好不容易等大家安靜下來了，市長大人才擦掉滿臉的汗，哭喪著臉說：「把牆壁和屋頂都查查看。」

黑漆麻烏的，哪裡看得出什麼呢？用手去摸，倒是平平整整的，看不出有什麼毛病。

「怎麼辦好？」一個年老的議員幾乎哭了出來，「我們辛苦這麼久的結果竟是一棟黑黑的鬼屋嗎？」

大家又摸摸索索的擠出大會議堂，愁眉苦臉相望時，市長忽然「啪」的用力打了一下自己的大腿，說：「親愛的市民們，我想出來了。幸好這會議堂的建造方法一點也沒有錯；是房子的位置不對，它太靠邊邊才會這麼暗。我們只要把它推到廣場的中央，它就會很明亮了。唔……我有一個好方法，請各位回家去帶一袋黃豆來。」市民們為市長的聰明大呼「萬歲」，急急忙忙跑回去拿黃豆。

大家合力把一袋袋的黃豆撒在會議堂的四周，市長相信撒了黃豆，就像地上裝了輪子，推起房子便會滑得不得了，一點也不費事。於是一聲令下，所有的人賣力的推了起來。

但是滿地的豆子，這還得了！翻筋斗的翻筋斗，跌倒的跌倒，痛的痛，傷的傷，真是可笑極了。他們跌了一跤便以為會議堂已前進了一些，更拼命的喊，「加油！再來一下！」

他們又推又摔，卻不知會議堂到底移動了多少。市長想到了一個辦法，他把他的帽子放在廣場的中央，說：「各位，我們把它推到這兒便行了。」

UNCIL HALL

大家又埋頭努力的推。市長的狗不知這些人在做什麼，看到市長的帽子在地上，便把它叼到市長的腳邊。大家正賣力的工作，哪曉得這回事？等市長一看，嚇！帽子已在眼前了。

「好啊，到了到了！各位辛苦了。」市長話還沒說完，便帶頭衝進去，卻馬上哭喪著臉出來，「唉，怎麼一回事，還是那麼暗！」他說得那麼無力，市民們也深深嘆氣。

5. 腦袋上頂著蠟燭開會

「推法」是沒用了，現在有一個最迫切的問題需要他們開會，就是：「怎樣使會議堂明亮」。會議堂雖然黑黑的，好在讓八十八個議員和很多專家站在裡邊是沒有問題的。

開會那天，市長和議員和專家們的腦袋上都點了一支蠟燭。一位議員說，這次的建造工程是完全的失敗，提議拆掉重來，「我們常教小孩知錯能改，大人應該做個好榜樣。」

話是不錯，可是辛辛苦苦、花了那麼多的力氣和時間才好不容易蓋好的房子，誰捨得拆掉？

這時，智慧市一個頂頂有學問的學者站了起來，他摸摸禿頭，說道：

「各位，昨天晚上我一直在思考，後來我發現了一個使這房子明亮的方法了，」他咳了一聲，「我怎麼會有這個大發現呢？說起來很簡單，我們都知道，世界上所有偉大的發明與發現，都是由我們日常生活裡很小的事情而來的。昨天晚上我忽然想吃油條，就要我太太炸。我太太說油正好用完了，沒辦法炸油條；我說沒有油就用水炸吧。我太太說水怎麼能炸油條？我問她：『妳用水炸過油條嗎？』她說一次也沒有。我就說了：『那妳怎麼知道用水不能炸油條呢？試試看吧，如果真的炸不來才能說水不能炸油條。』太太想想也對，就攪起麵粉，鍋子裡燒了開水，開始炸油條。……嗯，真的不能炸。太太生氣了，說：『你看，這是什麼東西！』我便教訓她：『我的好太太，別生氣，一個人最需要的是耐心，如果第一次失敗了，就再試；這樣，一定有成功的一天的。』」

說到這裡，禿頭學者咳了一聲，很嚴肅的接下去，「於是，我就想起，水可以用桶子來搬運，難道日光不可以嗎？諸位也許會說日光絕對不能用桶子搬運，可是諸位之中有誰曾經試過？我敢說，絕對沒有！可是，諸位，所有偉大的發明和發現不都是由嘗試而來的嗎？我們盡力來試一試吧。」

這個演講，在掌聲中結束了。

第二天正好是個晴朗的好日子，市民們在市長的帶領下，拿著水桶、臉盆、麻袋到新會議堂前面，放在太陽底下「盛陽光」；過了一下子，趕快蓋上蓋子或用布蒙著，拿到會議堂裡面，再打開蓋子，把陽光放出來。就這樣，大家手忙腳亂的盛陽光、放陽光；連小孩子也用勺子搬運——大人怕他們搬不動大桶的陽光。可是雖然大家如此賣力，太陽下山了，會議堂裡邊還是黑黑的。

他們絕望了，這也不行那也不行，怎麼辦呢？唉，只好每次開會都在腦袋上點支蠟燭了。

6. 驢子和牠的影子

也不知過了多久，智慧市的市民不再關心會議堂暗不暗的問題了；現在他們的整個心思都放在另一件天大地大的事情上。

那件大事轟動了整個智慧市。

原來有一個種田的農夫，名叫阿谷的，養了一頭驢子。有一天，一個賣布的小販要到遠地去，跟阿谷租驢子；他給了阿谷一百塊，高高興興的騎著驢子走了。

正午時分，布販才走沒多久，覺得快要熱昏了，心想還是休息一會兒吧。可是附近連一棵樹也沒有，只好就在驢子肚子下休息。坐在驢子肚子底下，可涼快多啦；當他正要打瞌睡時，阿谷卻氣沖沖的跑來了，他說：「嘿，你可真會享福啊。」

布販看他一眼，不說話。

阿谷又說了，「你向我租驢子，可沒有說要租驢肚下的影子哪。」

「沒聽說過影子也要錢的！」

「就算沒聽說過，凡事總也有個開頭！」

「憑什麼由你來開這個頭！」

一言不合，兩個人就吵起來了。吵了好久，阿谷硬要牽驢子回去，布販沒辦法，只好說：「好啦好啦，二十塊跟你租影子好啦。」

「二十塊怎麼夠，至少也要三十塊。」

布販不肯給，於是兩人便鬧到法院裡。阿谷的驢子是證物，所以被留在法院裡。

開庭那天，大家都到大會議堂來旁聽。首先由布販的律師起來辯護，他說：「從來沒有租影子的例子，驢子和影子，根本是分不開的東西；租了驢子，也等於租了影子，阿谷貪心，才會想多收一分錢……」

阿谷的律師站起來說：「阿谷租驢子給布販，但當時布販只說要騎牠去外地，可沒說要坐在牠的肚子下休息。剛才他的律師說驢子的影子也是驢子的，那麼租了驢子也就是租了影子。這是不合理的，是強詞奪理。

「女人是人，男人也是人，難道說男人就是女人嗎？所以驢子是驢子，影子是影子，不能說驢子就是影子，不能說租了驢子就可以免費享用影子……」

說到這兒，阿谷的律師右手放在胸口上，表情慈悲的說：「再退一步說吧，如果布販拿出一點兒良心，跟阿谷說：『哪，阿谷，這兒是五塊錢，你拿去買些胡蘿蔔給驢子吃，我想在牠旁邊休息一下。』那麼阿谷一定會很樂意把驢子的影子借他用；但是這個沒良心的布販卻狠心的讓驢子站在大太陽底下，也沒讓牠喝口水……」

這個有理那個也有理，弄得法官大人也糊塗了。他說：「天哪，我的頭快要炸了！我這一輩子還沒碰過這麼麻煩的案子哪！讓我回去想想，過幾天再開庭判決吧。」這件案子的確是太大了，法官睡不著覺，每分每秒想的都是它。

智慧市的市民談得才更起勁呢，吃飯時談，走在馬路上也談；跟太太說，跟鄰人說，也跟朋友說。反正不管時間地點，每個人一見面一定談這件事。然後很自然的就分成兩派了：農夫派和布販派。兩派人碰了頭，就咬牙切齒互相痛罵，甚至打起架來。

唉，智慧市本來不是很和平快樂的嗎？現在變成一鍋可以炸油條的油鍋了！

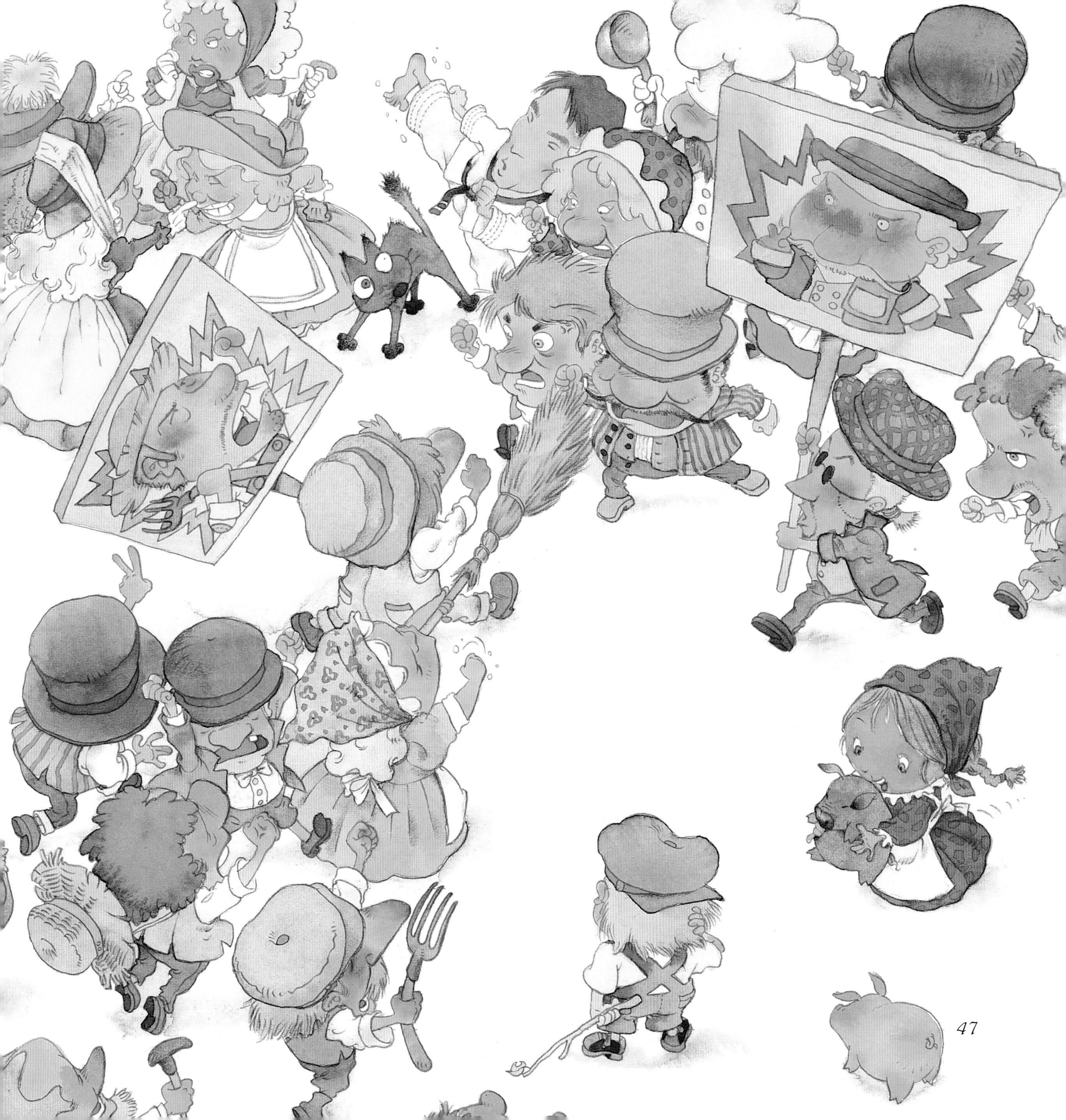

法官既然拿不定主意，全市又這麼混亂；市長便召集議員先生們和很多最最聰明的學者到大會議堂來，希望找出一個是非來。市長剛剛說：「開會！」忽然聽到外面吵吵鬧鬧。哎呀，不得了！這是怎麼一回事？大暴動嗎？只見一大群市民擁著阿谷，一直向大會議堂衝過來，還大聲嚷著：「死了死了！那個傢伙死了！」市長大吃一驚，誰死了？他一時不知如何是好，趕忙把大門緊緊的關起來。

可是外面吵得更厲害了，乒乒乓乓的，有很多人正在外面用木棍打牆壁呢。一會兒，牆壁被打出了一個大大的洞，阿谷的頭伸進來，說：「市長，那傢伙死了！」

「誰……誰死了？布販嗎？」

「我的驢子死了！牠被關在法院裡，沒人照管，剛才死了！」

「噢，這可好了！驢子死了就沒有影子了，智慧市又可以恢復從前的平靜了。」市長摸摸胸口，深深的吐了一口大氣；這口氣好大，居然把好多人頭上的蠟燭給吹熄了。蠟燭熄了，屋裡卻還是很亮；

市長忽然「啊」的大叫一聲，剛才被打破的大洞不是有很強的光照進來嗎？他跳起來，發瘋般的又叫又笑，「天哪，原來我們把窗子給忘了。」可不是嗎？大會議堂黑漆麻烏是因為忘了做窗子！

多虧阿谷他們一群人打破了牆壁。現在會議堂的四面牆都開了大窗子，黑暗問題解決了。為了報答阿谷的功勞，市長送了一對驢子給他，還為他蓋了一間穀倉。

現在智慧市的市民又過著快快樂樂的日子了，就是說他們又有很多問題可以問議員和學者們，而他們也可以天天開會了。別忘了，是在明亮的大會議堂開會；開會時不僅有光，還有微風，還可以聽到外面樹上的鳥的歌唱。

不過，因為開會時太舒服，很多議員先生和學者們都會打瞌睡。所以現在他們努力開會研究怎樣才不會睡著，總不能讓小朋友們有樣學樣，上課時也打瞌睡啊。

寫書的人

劉靜娟

劉靜娟從小愛聽故事，愛看童話書，也愛自己編故事，不知不覺中，練出了組織文字的能力；所以寫作文，不會像別的小朋友那般痛苦。

長大後，閱讀和創作仍是她最大的興趣。她經常在報上發表文章，後來還去做副刊的編輯工作。三十多年來，她已出版十數本書，得過幾個文藝獎。出版的書包括：《載走的和載不走的》、《歲月就像一個球》、《咱們公開來偷聽》、《被一隻狗撿到》等等。

其中《歲月就像一個球》是她兩個兒子童年的真實寫照，也是她自己非常「寵愛」的一本書。孩子的語言有趣，思想有創意，常給她很多啟發——能帶給她啟發的不只是自己的孩子，所以她常說孩子是天生的哲學家。

畫畫的人

郜　欣

從小喜歡兒童插畫的郜欣，大學時，已決定為此奮鬥一生。畫畫時，下筆嚴謹，但很喜歡嘗試各種不同的風格，想讓大家感覺很新鮮、有趣。

郜欣對任何事都充滿熱情，他夢想能走遍全世界，希望用自己的筆，讓孩子更可愛，也讓世界更可愛。

倪　靖

畢業於北京服裝學院裝潢設計的倪靖，大學期間即開始從事兒童插畫創作。從小喜歡手工藝品，收集各種設計新奇、可愛的東西；喜歡大自然，夢想在燦爛的陽光下、清新的空氣中、豔麗的花叢裡作畫。

倪靖較擅長明快、隨意的畫風，最喜歡畫動物和小孩。對兒童插畫充滿熱情，希望能通過自己的畫，把溫馨、快樂帶給大家。

為孩子寫～彩色巧冊
想知道
丁伶郎怎麼教人類唱歌嗎？
智慧市的市民有多麼糊塗呢？
小老虎銀毛與小花鹿斑斑怎麼變成了好朋友？
奇奇的磁鐵鞋掉了怎麼辦？
屋頂上的花園裡有什麼祕密？
石頭為什麼不見了？
九重葛怎麼會笑？
紫貝殼有什麼奇妙的力量？
讓我們隨著童話的翅膀，一同遨遊在想像的王國～

文學家系列

民生報、文建會「好書大家讀」活動推薦好書

每個文學家的一生，都充滿了傳奇……

如果你聽過《湯姆歷險記》、《賣火柴的小女孩》、《羅密歐與茱麗葉》的故事，
怎麼可以不認識馬克·吐溫、安徒生、莎士比亞呢？趕快一起來聽聽這些文學家自己的傳奇故事吧！

震撼舞臺的人——戲說**莎士比亞**

愛跳舞的女文豪——**珍·奧斯汀**的魅力

醜小鴨變天鵝——童話大師**安徒生**

怪異酷天才——神祕小說之父**愛倫坡**

尋夢的苦兒——**狄更斯**的黑暗與光明

俄羅斯的大橡樹——小說天才**屠格涅夫**

小小知更鳥——**艾爾寇特**與小婦人

哈雷彗星來了——**馬克·吐溫**傳奇

解剖大偵探——**柯南·道爾**vs.福爾摩斯

軟心腸的狼——命運坎坷的**傑克·倫敦**